문학과지성 시인선 237

그 나무는
새들을 품고 있다

이나명 시집

문학과지성 시인선 237
그 나무는 새들을 품고 있다

펴낸날 / 1999년 12월 27일

지은이 / 이나명
펴낸이 / 김병익
펴낸곳 / ㈜문학과지성사
등록번호 / 제10-918호(1993.12.16)

서울 마포구 서교동 363-12호 무원빌딩(121-210)
편집: 338)7224~5 · 7266~7 FAX 323)4180
영업: 338)7222~3 · 7245 FAX 338)7221
유니텔 · 천리안 · 하이텔/ mjline
인터넷/ www.moonji.com

ⓒ 이나명, 1999. Printed in Seoul, Korea
ISBN 89-320-1139-7

값 5,000원

* 이 책은 한국문예진흥원 창작지원금을 받아 출간되었습니다.

문학과지성 시인선 237

그 나무는 새들을 품고 있다

이나명

1999

시인의 말

서남향 앞 베란다에 놓아둔 라벤더 꽃모가지들이 한결같이 머리 쳐들고 기어가는 L자 형상을 하고 있다.

뻗어오르다 수그러지다 (내가 잊고 물을 주지 않은 날엔)

다시 뻗어오른 S자 모양의 형상들

꿈틀 꿈틀 닫혀 있는 유리창 밖을 향하여 쉼 없이 손을 뻗치고 있는 저 모습들

너에게 가 닿으려고.

닿으려고 애쓰는 내 마음의 모가지들이다

내 몰골이 많이 휘어졌다.

1999년 12월
이나명

그 나무는 새들을 품고 있다

차 례

▨ 시인의 말

I

나팔꽃 화엄 1

이제 막
햇살 한 줄기로 점화되어 흠뻑 피어나는
나팔꽃

남빛 스커트 차림의 내 몸이 한 바퀴 핑그르르
원을 그리고
나는 배배 꼬인 나의 중심을 바로잡기 위하여
치맛자락을 쫙 편다

온 세계가 나의 치마폭 안에 담겨 있다

나팔꽃 화엄 2

꽃 피워보려고
허공에 두 발 두 팔을 들어올렸어
무릎뼈는 꺾고 손목뼈 발목뼈도 꺾고 모양새를 잡
았지
뒤통수와 어깨 척추와 엉덩이뼈 곧게 바닥에 붙이
고
감은 두 눈 속으로 뭉게뭉게 피어오르는 실오리들
을 바라보았어
어디에서 오는 것인지 알 수 없는 이 팔랑거림
나는 흔들리기 시작했지
바람이 일기 시작했던 거야
바람은 언제나 내 속에서 불었던 거야
조금씩 길이 떠올랐지
조금씩 움직이기 시작했어
마음은 아랫배에, 아랫배에 두어야지
입술을 달싹이며 혀 밑에 괸 침을 꿀꺽 삼켰어
그리고 목에서 가슴, 가슴에서 명치, 명치에서 배꼽
길이 술술 풀리는 듯했지, 아아 아니었어
명주 실낱처럼 한 가닥씩 풀리는 듯 뭉치고 뭉쳤다
풀리는

저 어둠들 어디에서 생겨난 것일까 생각하는 사이

나는 꼼짝없이 그 어둠에 친친 묶여버린 내 몸을 느
꼈어

껍질 뒤집어쓴 씨앗처럼 앞이 캄캄했어

여기는 어디인가 종잡을 수 없는 생각의 방위 속에
서 길을 찾아야 했어

생각의 어둠들 갈기갈기 찢어버려야 했어

그리고 마음은 아랫배에, 아랫배에 두어야지

순간 뭉쳤던 어둠들이 풀리고 동이 트듯 길이 트이
기 시작했어

나는 다시 배꼽에서 아랫배로 내려갔어

정확히 배꼽에서 아래로 집게손가락 두 마디 밑이
야

이곳이 내가 뿌리를 내려야 할 땅이야

바람에 실려온 어둠의 뿌리들 한 가닥 한 가닥씩 묻
었어

정성스레 흙을 고르고 고랑을 파서 다독다독 깊게
묻었어

뿌리들은 저희들끼리 얽히고설켜서 흙의 길을 트고
있었어

나는 조금씩 터지고 있었어

척추와 뒷목 뒤통수로 물을 실은 바람이 불어오기
시작했어

나는 번쩍 머리통을 들어올렸지 아, 허공이 내 머리
통 속이었어

그 속에서 내가 출렁거렸어 이글이글거렸어

나는 보랏빛 꽃 한 송이 통치마 같은 꽃잎으로 둥글
게 원을 돌았어

한 세계를 통째 뿜어내었어 뚜뚜, 뚜, 뚜, 뚜

목청껏 나팔을 불었어

나팔꽃 화엄 3

활짝 피어난 나팔꽃들이 말의 씨앗을 물어다 주는
햇살들을 낼름낼름 받아먹고 있다
제 목구멍에 가득한 말들을 뱉어내고 싶은 심정 꾹
꾹 누르고 참아내고 있는 꽃의 인내

꽃의 향기가 내 코끝 언저리를 맴돌다 폐부 깊숙이
들어와 제 숨을 죽인다
깊이 들이쉰 들숨을 내뿜으려고 너에게 뿜으려고
너를 찾아 헤멘다

너는 아무데도 없고 아무데도 있었다
저 꽃이 너라고 생각하다가 곧 시들어버릴 너라고
생각하다가
꽃무덤 속 꼭꼭 여며두었던 흑요석 같은 씨앗들

두 손 가득 받아낸다
내 손바닥 위에 한 꽃밭 넓게 펼쳐낸다

나팔꽃 화엄 4

구릿빛 쇠 문고리가 달린 나무문 앞이었죠

나는 한순간에 보아버렸죠

나팔꽃 봉오리의 분홍 입술엔
으깨진 바람의 살점들이 처참히 묻어 있었죠
어린 나팔꽃 덩굴손이 도르르 내 손을 감고
캄캄한 내 눈 속 세상을 깨부수고 있었죠

나는 그 순간을 위해 두 눈을 못박았죠
한세상 그렇게 못박아 넣었죠

나 그때 막 도착한
구릿빛 쇠 문고리가 달린 나무문 앞이었죠

한순간이 한 생애가 될 참이었죠

화음

햇빛들이 가지 많은 영산홍 꼭대기까지 기어올라가
있다

가느다란 영산홍 가지마다 친친 감겨올라간 나팔꽃
의 길

배배 틀어진 길들이 영산홍 하늘에 닿아 가슴을 활
짝 풀어내고 있다

보랏빛 나팔꽃 화관을 머리에 쓴 영산홍이 지난밤
의 케케묵은 침묵을 환하게 찢고 있다

수련 연못

검푸른 물 표면에
손바닥 같은 잎 넓게 펴고
자홍빛 꽃봉오리 서너 개
입술처럼 열고 있는
암울한 내 두 눈 바짝 끌어당겨
무슨 말인가 조용히 전해주려는 듯한
수련

너를 보는 내 밑바닥이 쩌르르 울리고
한순간 마음의 물주름이 자잘히 잡힌다

바닥, 저 깊은 수심에서 끌어올린
그 말뜻
내가 알아들을 새 없이
저녁이면
입 꼭 다물어버릴
붉고 고운 입술을 가진
수련
연못

小雪

뜰 안의 한련화들이 모두 땅 위에 누웠어요
간밤 싸락눈에 질탕하게 얻어맞고
이젠 더 못 살아 이젠 더 못 살아
엎어졌어요

어미 등에 업힌 채 몇몇 철 늦게 핀
어린 꽃들도 볼 붉게 얼었어요
수줍게 웃음지으려는 표정 그대로
얼어붙었어요

그래도 이슬은 차디찬 몸들을 씻어주느라
아침 햇빛에 은실 같은 손가락을 놀리고
북녘 바람이 끌어다 덮었는지
뜰 안 구석에 아마포 이불이 하얗게 덮였어요

언젠가 나도
그 이불 속에 말없이 들어가 눕겠지요

환한 바닥 1

수초들 모래 속에 뿌리 뻗는다
파랗게 물오른 수초 잎 사이로
소금쟁이들 발 가볍게 걸어다닌다
소금쟁이 발가락이 그려놓은 물의 파문이 넓게 번
진다
저, 파문 많은 세상
물위로 둥글게 둥글게 번져가다 잔잔히 지워진다
내 눈의 세상이 지워진다
물 바닥이 환해지고
그 속에 가라앉아 있는 모래들이 보인다
흔들리는 수초의 뿌리를 지그시 누르고 있는 모래
알들이
보인다
내가 흔들릴 때마다 나를 붙잡아주는
나를 지그시 눌러주는
저, 환한 바닥

환한 바닥 2

탁자 위의 장미 송이들을 바라보네
뿌리 잘린 발을 화병 속에 담그고
어느 한곳을 응시하고 있는 듯한 꽃송이들
환한 크림빛으로 곱게 물든
꽃잎 끝이 점점 뒤로 말려드는 걸 보네
뒤틀린 요기의 몸처럼
보이지 않는 제 뿌리를 보려는 몸짓인가
겹겹 포갠 꽃잎들
핏기를 잃고 새들새들 가쁜 숨 쉬네
물 먹는 일도 이젠 지친 듯하네
마침내
탁자 밑을 향해 고개를 푹 숙이네
한순간 꽃잎들 화르르 무너져내리네
아, 뿌리는 저 바닥에 있는 듯하네

사리

한련화 꽃 모가지들이 시들고 있다
이미 시든 것들은 스스로 제 목을 땅 위에 떨군다
얼마나 아프게 그 목숨 끊었을까
해가 지니 시든 자줏빛 꽃잎에
이슬이 함초롬 맺힌다

이슬 한 방울이 투명하게 한 세계를 비춘다
그 속에서도 해가 지고 있는지
서쪽 하늘이 진홍빛이다

나는 온종일 해를 따라가다
지는 해를 따라 눕는다
내 몸에서 물방울 몇 개 배어나와 쭈르르
땅 위로 떨어진다

그 자리

튤립꽃들
검자줏빛으로 마음 졸이네

속으로 끓이는 저 피의 그리움

이젠 질 때도 되었는데⋯⋯,
쫑알거리며
저녁 까치 한 마리 홀짝
날아오르네

그래, 홀짝
꽃잎 지우고 난 그 자리
나부끼는 꽃잎 없는
빈 꽃대 아래
떨어진 꽃잎들 피멍 같네

그 자리, 천천히 삭아가네

영봉에서

저것 봐
어머니 무덤 위에 패랭이꽃 피었네
아기 손 같은 잔디 뿌리들 흙 밖으로 나와
엉금엉금 기어다니네

벌써
새벽밥 지으러 일어나신 어머니
드르륵 미닫이문 열고 나가시는 키 작은 등이 보이
네
싸락싸락 쌀 씻는 손으로 햇살들이 내 어깨를 어루
만지네
썩썩 칼질하는 손으로 바람이 내 뺨을 문지르네

나는 어머니 손목 잡아끌듯 잡초들 뽑아 던진다
잡초는 뿌리째 뽑히기도 하다가 줄기만 툭 끊어져
버리기도 한다
툭툭 지난 시간들이 끊어진다
햇빛 아래 뽑혀진 풀들 금세 시들해지고
어머니 손등처럼 쭈글쭈글해진다
꿀벌 몇 마리 시끄럽게 잉잉대고

뚝 끊어진 애기똥풀 줄기에서 노란빛의 핏방울이
흐른다

아이고, 나는 아직도 어머니를 성가시게만 하는구나
푸드득 눈 초롱한 풀메뚜기 한 마리
내 팔뚝을 세차게 때린다

어머니가 오셨던 걸까

촛불을 켰다
이제 갓 피어난 양귀비 꽃잎처럼 나풀거리는 불꽃
그 둥글고 예쁜 손톱이 할딱거리며 파내고 있는
어머니의 침묵, 그 속에서 까맣게 타고 있는 심지를
본다
바지직바지직 끓여내는, 어머니
생의 한 귀퉁이쯤 물러져
희고 반투명한 촛물 주르르 흘러내린다

오래도록 내 안에 고여 굳어져버린 생각의 딱딱한
모서리들
조금씩 녹이고 있다

촛불 그늘이 크게 출렁인다
어머니가 오셨던 걸까
너는 아직도 어둔 그늘옷을 다 벗지 못했구나
쯧쯧 혀를 차시며
딱딱한 내 몸 속 그늘을 뜨겁게 녹여내시려는 걸까
여린 불꽃잎 애타게 나풀거리는
녹아 납작해진 양초의 몸이
손톱에 파인 듯 움푹 꺼져 있다

내꽃

오늘 당도한 묘 앞에서
잎 다 진 앙상한 가지 끝에 피딱지처럼 붙어 있는
꽃 한 송이를 본다
여름내 땅속에서 끌어올린 듯
아직도 붉은 핏물 선연히 배어나는

이 진한 어머니 냄새

눈시울 뜨거운 핏방울들이 내 온몸을 돌아
땅속으로
어머니 속으로 흘러내린다

풀옷

햇볕 따스한 무덤
흙의 가지런한 뼈로 누워 계신 어머니
손 놀림 잔잔히 키우시던 풀꽃들이
잔뿌리 흔들어 깨우신다
나는 어머니 앞섶을 연다
가슴 땡겨 아프신 듯 어머니 젖무덤 열어
내 칼칼한 목줄기에 짜 넣어주시는 젖물
달게 달게 빨아 마신다
어머니 살 속 뜨거운 수맥은 뻗쳐오르고
그때 퍼올려주신 내 몫의 노래 하나
노란 풀꽃무늬로 눈을 뜬다
참 따스히 땅에 묻어놓으신 뼈들 하얗게
뿌리로 살아 계신 어머니
세상 올곧게 뻗어라
풀먹여 빳빳이 다려놓은 풀숲길
탄탄한 땅에 두 발 딛고 일어선다
길 따라 내다보이는
세상 푸르게 두 날개 나풀거리는 애호랑나비
어머니 풀옷 위를 살폿 날아오른다
풀향기 짙게 배어나는 어머니 녹색 풀옷 위로
참 환하게 내리쬐는 햇볕

꽃 속의 길

키 낮은 담장 위의 장미 덩굴들
어디로? 어디로?
슬금슬금 기어간다
온몸에 상처 같은 꽃등 발긋발긋 매달고
더듬어가는 그곳이 어디인지
환히 불켠 그들의 눈엔 잘 보이는지

나는 모르겠다 모르겠다
머리 갸웃 들여다본다
한 겹 두 겹 아프게 벌린 겹꽃잎
중심이 노랗게 뚫려 있다
어딘지 알 수 없는 향기로운 길 하나 보인다

그렇게 답답했던 가슴속의 길이
뚫리려나
키 낮은 담장 위로
나의 눈길이 잠시 환해진다

연시

앞면에는
황금빛 부푼 항아리 하나
그려놓았어요

둥근 오지로 된 뚜껑을 여니
푸른 물의 시간들이 넘칠 듯
찰랑대요

무르익어 물기 많은 붉은 열매의 당신

떨어뜨릴 듯 떨어뜨릴 듯
머리에 이고 가는 한 동이
그렁그렁한 생을

조심해요
박살낼지도 몰라요

10월에

땅 위에는 한 빛깔 곱게 이룬 나뭇잎들이 수북이 쌓였다

키 큰 억새풀들 노랗게 수그러졌다

시든 풀숲에 숨어 우는 벌레들 소리 연연하다

한쪽으로 기울어진 내 몸 속으로 통과해 흐르는 소리, 연연하다

곧 몸 돌돌 말아 땅속으로 들어가겠지

세상 밖인 듯 나도 그곳에서 오랜 꿈 꾸고 싶다

땅속은 아주 따뜻하겠다

II

비 그치고, 사이

　내 마음이 나도 몰래 수시로 뛰쳐나가는구나
　이 들판 저 들판 휘돌다 비칠대며 돌아오는구나
　아주 떠나지도 못하고 봉우리 몇 개 넘어 넘어 되
돌아
　오는구나 매일이 되풀이구나 이 모진 뿌리 매몰차게
　끊어버릴 수는 없는지 다시 되돌아오지 않을 수는
없는지, 없는지,,,
　바람의 팔뚝에 매달려 뿌리 뽑혀지도록 뒤흔들고
있는
　가녀린 바랑이풀의 넋두리를 나도 모르게 듣는다
　이심전심으로 듣는다

　한참 바람 불다 조용하다

어디서 와서 어디로

나는 기다렸다

기다림의 마른 풀잎들 낮게 엎드려 있는 오솔길을
따라 희망의 산등성이를 올랐다

떨어진 나뭇잎들 수북수북 발등 덮고 있는 벌거숭
이 나무들 사이를 지나갔다

나무 나무들마다 상처 자국들이 눈에 띄었다

왼쪽 팔뚝이 뚝 부러진 나무, 아랫도리만 남은 채
윗몸이 댕강 잘린 나무, 무엇에 얻어맞았는지 한쪽 옆
구리가 퉁퉁 부어오른 나무, 나무들

오, 모두가 상처투성이로구나

얼마나 아파서 저리 꿋꿋하게 굳었는지

나무들 신음 소리 하나 없다

부러진 팔뚝에 가느다란 가지 뻗쳐 먼 하늘을 가리
킨다

그쪽 하늘을 보니 이불채만큼 부르튼 구름 덩이 하
나 천천히 지나간다

어디서 와서 어디로 가는지, 가는 길 어디쯤에서 참
았던 울음 펑펑 쏟을는지

겨우 아물어가는 발 뒤꿈치가 쓰리고 아프다고는
말하지 않겠다
　내 몸의 작은 상처 하나가 다른 몸의 더 큰 상처들
을 보게 한다
　잘 보면 길은 멈춰 있는 듯도 한데
　그 길이 나를 자꾸 떠밀고 간다

먼바다

요즈음
수시로 내가 산으로 달려가는 이유 있다
기를 쓰고 저 옴팡진 골짜기를 거슬러 올라
해골바위 돌출한 산봉우리에 대롱 매달리는 이유
있다
이 거대한 우주 속, 그 속의 한 개 씨알만한 우주라
는 내가 한번도 뛰어내린 적 없는 우주 밖, 그 캄캄한
바닥을 내려다보며 발발 떠는 내 뼈들이, 200개나 되
는 내 뼈에 짝 달라붙어 있는 살들이, 그 살 속으로
뻗은 수만 줄기의 강들이 철철 흘러서 어디론가 가고
있는 그 물줄기들이 한순간 내 두 눈으로 왈칵 물살
일으켜 올랐다 다시 유유히 흘러가는 저 강줄기가 가
서 닿는 곳, 그곳, 내 안에 철썩이는 이 수도 없는 파
도들을 고스란히 받아 안는 그 바다를 향해 두 팔 내
리고 잠잠히 서서, 내가

그림 속의 생

숨도 아주 멈췄지요
하지만 정신은 말짱했어요
천지 사방이 한눈에 다 보였으니까요
두 눈 말똥말똥 뜨고
그림 같은 바깥 세상을 내다보았습니다.
내가 방금 살다 온 저 세상, 아주 가까이에서
누군가 빤히 나를 보는 듯했습니다
나는 그의 두 눈을 마주 들여다보았습니다
아, 내가 버리고 온 그것들이
그의 눈 속에 새파랗게 움터 있는 게 보였습니다
그의 숨소리가 철썩철썩 내 심장을 때렸습니다
고무줄 같은 그의 눈빛이 나를 잡아 끄는 듯했습니
다
순간 나는 그의 속으로 펄쩍 뛰어들고 싶은 충동을
느꼈지요
아니 뛰어들었어요
죽어서도 살아 있는 나를 어쩔 수 없었지요

나를 익히고 싶다

나는 익어가야만 한다

매순간
끓고 있는 시간 속에서
나는 아직도 채 익지 못했는지
철겅철겅 부글부글거리는 마음의 거품들을
발등에 주르르 흘리고 있다

아아 더 이상 못 견디겠어
정말 못 견디겠는 시간들이
나를 익히는 것일까

짐짓
가스불 파랗게 끄고
수도꼭지를 틀어 뜨거운 계란 위에
냉수를 끼얹는다
잘 익은 계란 한 개 껍질을 까며
흰자위와 노른자위의 분명한 금을 본다
쩍 벌어져 분리되어 나온 노른자위를 본다

그렇게 나도 익어
내 영혼이 내 몸에서 깨끗이 분리되어지기를
그때 그을음 없는 내 영혼의 푸른 불꽃이
화르르 피어오르기를
희망하며

수세미

닥치는 대로 무엇이든 움켜잡는
수세미 덩굴손을 본다
난간 아래 잇대어놓은 긴 대나무 기둥을 친친 감고
위로 위로 오르고 있는

뫼비우스의 띠처럼 뒤틀린 시간대에도
둥글게 부푼 열매들은 매달려 있다
저 뚱뚱한 섬유질의 껍질 안 층층이 켜를 이룬
흰 뼈의 시간 속에는
수세미꽃 잠시 환하게 켜놓은 등불들
붕붕대는 꿀벌의 뒷다리에 노랗게 맺힌 꽃가루 같
은 추억들

물기 많은 이 저녁
땀 밴 내 손 마디에서
물 한 줄기 뻗쳐 덩굴손에 도르르 감긴다
무거워 무거워 쳐진 어깨 추켜올리며 천천히 가벼
워지는
열매의 흠집들을 위해
언젠가 지나왔던 길, 생의 길은

가느다랗게 꼬불꼬불 이어져 있는 어스름한 빛의
시간대

오, 이 덩굴손을 잡아다오

노을

정발산 공원 산책로
소나무들 한결같이 팔짱 끼고 서 있다
아, 너였던가 나무 중의 나무
길 따라 오르는 나를 향해 바늘잎 찌를 듯이 겨냥하
고 있는 너
그 중의 너

나는 찔린 듯 눈시울이 시려온다
저녁 시간이 붉게 젖는다
군데군데 어둠의 흔적이 검게 깔려 있는 통나무 의
자에
나를 앉힌다
일찍 눈뜬 마을의 불빛들 마주 내려다보이는
낮은 산마루에서 내 마음이 조금씩 헹궈진다
내 피들이 가볍게 떠오른다
나무 중의 나무, 한 아름 너의 기둥에 가 기댄다
이제 그만 나를 풀어줘

곧 어둠들 질펀히 내 발 밑으로 깔리리라
그리고 곧 너와 나의 경계도 허물어지리라

팔짱 낀 나무들이 노을에 붉게 풀리고 있는
이 저녁
오늘 하루의 무성했던 길들이 땅위에 무성히 묻히고
내 피들이 내 안의 길을 따라 흘러 흘러내리는 소리
듣는다

보기에 참 아름다웠다

숲길로 들어서니
나무들마다 훌훌 잎을 벗어내고 있었다
무수한 사람의 발에 밟혀 벗겨진 땅이
차곡이 덮여 있었다

겨울 가까이, 찬 기운을 느끼며
외투 하나 더 껴입은 나는 이제
맨몸인 채 사지를 부르르 떨고 있는 나무들을 본다

몸 밖에서 몸 안으로 들어선 나무들의
저 처연한 모습, 그 자세
제 각각 안의 길을 트고 있는지
여름내 진액 흐르던 상처 자리들도 아물어
단단히 굳어 있다

상처들 몹시 앓았던 그때의 흔적이 선연하게
툭 불거진 형태로 남아 있다
아마도 몹시 방황했으리라
그때, 길의 방향도 바꿨으리라
곧게 뻗은 나무 기둥 중간쯤 바로 그 상처 자리에서

몹시 휘어져 있다
그쪽 방향으로 가지들도 몇몇 더 갈라져나갔다

내게는, 나무의 휘어진 몸, 그 굴곡이 보기에 참 아
름다웠다
그때 견디기 힘들었을 고통이 그 아픔이 이렇게 튼
튼히
자라 있다
나는 나무가 융단처럼 수북수북 깔아놓은 넓은 잎
을 밟으며
나무의 길을 더 깊이 들어가보고 있었다

붉은 벽돌 담장

그 집 뜰 안에는 기둥 굵은 향나무 잣나무 잎이 푸른 단풍나무들 짙은 그늘을 내리고 있었다
색색의 화초들 무더기 무더기로 기울어진, 집 안으로 뻗은 길, 드문드문 박혀 있는
이끼 낀 둥근 나무토막들, 나는 생시에 그 길 밟아 들어간 적 없었지만 혹여 꿈길 같은 그 길, 내 생각 속에서는 따뜻이 발길 이끌어주었다

나는 가끔씩 열려 있는 그 집 대문 앞을 지나며 기웃거리고
나무 그늘 속에서 꾸부정하게 허리 구부리고 비질하는, 기울어진 꽃나무들 쓸어올리고 있는 늙은 부부의 조용한 모습을 보았다
그렇게 천천히 천천히 그 집 마당으로 통과하는 바람이 마른 나뭇잎들과 시든 꽃 무더기들 한쪽 구석으로 몰아놓고 있었다

붉은 벽돌 담장 밖으로 늘어진 살구나무에서 알 굵은 살구들 잇속 시게
굴러떨어지고 햇살 뒤집어쓴 담장이 이파리들 투명

한 그림 물감으로 내 기억 겹겹이 물들였다

　(그 후, 노부부는 그 집 땅속 깊이 가라앉아 두 개
의 봉분으로 세상문 닫아걸었다)

　그 옛날, 그늘 서늘한 집 한 채의 적막이 참 오래도
록 환하게 내 안에 보존되어 있다

나무에게 너에게

며칠 동안 바쁘다 보니
베란다에 있는 나무를 잊고 지냈다
나무는 바짝 마른 화분의 흙 속에 뿌리를 묻은 채
베란다 햇빛 속에 그대로 서 있었다
나는 얼른 맑은 물 한 통 떠다가 나무에게 부어준다
나무의 군데군데 누렇게 죽어 있는 잎사귀도 떼어
준다
잎사귀 떼어낸 자리마다 바짝 물이 말라 있다
나무는 마른 가지를 뻗어 제 아픔을 흔들어보인다

그래 그래 오래 참고 견디었구나
나무가 꿀꺽꿀꺽 마시고 있는 물
나무 속으로 스며드는 물의 길
나무가 그려내는 삶의 구불구불한 물길이
내 속으로 흘러든다
잔뿌리를 들썩이며
내 몸 속 물줄기들이 나무의 물줄기와 이어진다

너와 나, 하나의 물길로 만난다
내가 너에게, 네가 나에게 기울이는

이 끈끈함
한세상 힘있게 끌어당기는 두 힘이
삶의 촉촉한 물길을 만든다

삐이꺽, 한 세계가 열린다

포도나무 덩굴손이 허공을 꽉 그러쥐고 있다
새로 지은 목조 주택 처마 밑을 떠받치고 있는 저
허공
속으로 바람이 지나가는지 포도나무 몸통이 출렁댄
다
앞가슴에 끌어안은 포도 송이들 덜렁덜렁 흔들린다
포도알들 저희들끼리 앙 붙어 떨어지지 않는다
바람 한번 출렁일 때마다 줄기가 더 꼬이고 꼬일수
록 더
단단해지는 포도나무, 잎잎마다 푸른 허공으로 둘
러 감은
포도나무 한 그루의 저 천연한 세계, 그 세계로 삐
이꺽!
나무문을 밀고 누군가 들어오는 소리 들린다

나무들이 길을 지운다

땀을 닦으며
나무들과 나란히 서서 산 벼랑 밑을 내려다보았다
저 아슬한 벼랑 밑으로 새끼줄 같은 오솔길들이 여럿
갈라져 내려가는 게 보였다
그때 내가 갔던 오솔길은 어디쯤인지
나무들은 두 손 높이 들어 무어라 무어라 소리치고
발 빠른 계절은 발소리도 없이 내 앞을 지나갔다
힘에 부친 내가 큰 곰바위에 등 기대고 쉬는 사이
속이 타는지 산은 마른기침 컹컹대고
나무들은 이미 등짐을 풀어놓고 있었다
나뭇잎들이 수북수북 내 발등을 덮고 사방 길들이
메워지고 있었다
오솔길은 지워지고 없었다
여기저기 지워진 길들이 내 발목을 휘청거리게 했다
나는 그곳에 오르기 위하여 나의 길을 만들어야 했
다
다시 시작해야 했다
나무들이 애써 지워놓은 길을, 내가 다시

그 나무는 새들을 품고 있다

그 나무에서는 많은 새들이 지저귀는 아름다운 합
창 소리가 들린다
나는 머리를 들어 나무 속을 기웃기웃 들여다본다
끊임없이 재잘 재잘대는 새들의 소리만 들릴 뿐 새
들은 보이지 않는다
그 나무가 새들을 모두 품어 안고 제 넓은 잎으로
가리고 있다
아무의 눈에도 띄지 않게,
밖으로 나가면 위험해, 하는 듯
나는 한참 서서 그 나무를 바라보고 있다 그러면
이따금씩 몇 마리의 자그마한 잿빛의 새들이 푸드
덕 날아올랐다
째재잭거리며 다시 나무 속으로 숨는 게 보인다
그 나무는 아마도 그렇게 서 있는 내게 친근감을 느
꼈는지 새들을 날려 잠깐 보여주는 듯했다
나는 그 나무의 따뜻한 마음을 느꼈다
나도 그 나무의 품속으로 들어가 세상 모르게, 철
모르게, 재잘거리며 날갯짓하고 싶었다
그 나무가 품고 있는 세상이 높게 떠서 저녁 어스름
속에 가려지고 있었다

쥐똥나무꽃 이름

쥐똥나무 좁쌀알 같은 꽃망울들 쏟아놓고 있는
개인 주택 울타리를 지나다
멈칫, 뒷걸음친다

이 진동, 피 진동시키는 향기

몸 기울여
꽃나무 가까이 얼굴 가져간다

처음 누가 지어주었을까
아마도 쥐똥이라는 이름이 무척 못마땅했을 것 같다

그래도
아무개야 부르는 소리에 귀가 확 열리는
이름에도 향기가 배어나는가 보다

나 그 진한 향기에 듬뿍 취해 걷는다

쥐똥나무 흰 꽃들 산들산들 몸 흔드는
더 이상 욕심 없는 생의 가쁨함으로

앵두나무 한 그루

화판에는
붓끝에 쓸려 쓰라린 듯
열오른 꽃들 발그레하게 돋아 있다

흙들이 흔들흔들 뿌리의 길을 터주고
안으로 안으로 물이 올라 연해진 꽃 가지들
꽃 향기 터뜨린다

붓끝에 듬뿍 묻어 있는 물감으로 나는
바람을 색칠한다
바람의 빛깔이 투명하게 내 눈을 흔들고 지나간다

내가 볼 수 있는 건 선명하게, 때를 놓치기 전에
봐야 한다
내 속에 바짝 끌어당겨야 한다

세상 이치가 그러하다 그러하다
화판 위에 피어 있던 꽃들이
머리를 절레절레 흔들며 떨어져내린다

동그랗고 발긋한 열매들을 그려낸다
앵두 열매들, 탱알탱알 매달고 서 있는
앵두나무 한 그루 그려낸다

아파트 단지 내를 지나다

앵두나무 가지에 올망졸망 매달려 있는
풋열매들
아직 솜털들 오송송한 어린 앵두들
가느다란 나뭇가지를 악착같이 붙들고 있다
떨어지지 않으려고,
떨어뜨리지 않으려고,
앵두나무 팔뚝에 불끈 솟아오른 생의 푸른 힘줄이
보인다

(때론 삶이 나를 꽉 붙들고 있는 걸 느낀다)

벚꽃나무 아래

한 무리의 구름이 펑! 하고 튀겨진다
공중으로 팝콘 같은 꽃잎들 날아내린다
벚꽃나무 아래로
꽃잎 무더기 위로
발을 내딛는다

사뿐사뿐 날아내린 꽃잎들
내 눈의 샘물 위에 꽃잎 뜬다
몸 속 골짜기마다 꽃잎 떠 흐른다

한 생애 이렇듯 꽃잎 띄우고 지나는 때 있다

부서진 꿈의 뼛조각들, 깎인 모서리들
동글동글 띄운 채
내딛는 발걸음들
가장 가벼운 때 있다

III

내가 없어도

야무진 풀무치는 흔들거리는 바랑이풀 줄기에 붙어
있을까
분홍 메꽃은 다치지 않고 가시 철조망을 기어오를까
검정깨만한 개미는 치마 속 장딴지를 간지럽힐까
늪지의 청개구리들은 울며 서로 짝을 찾을까
잠자리 두 마리는 작살나무 가지 끝에서 아슬한 교
미를 할까
땅속 물줄기는 물오리나무 꼭대기의 어린 나뭇잎을
찾아갈까
나뭇잎들은 바람 속에서 신나게 손바닥 뒤집기 놀
이를 할까
뚱뚱한 구름은 한번도 넘어지지 않고 공중에 가볍
게 떠 있을까
풀잎은 종일 몸을 흔들다 밤이면 마른 흙모래 위로
차가운 땀방울을 흘릴까
내가 없어도 너는 혼자 이 너른 풀밭을 지나갈까
그렇게 정말

내가 있어서 세상은 있을까

딱정벌레야

너 지금 가던길 멈추고 나와 함께 얘기 좀 하자
그렇게
딱정벌레 가던 길 뚝 멈축고 얼굴 들어 날 쳐다보며
좋아 좋아 우리 함께 날 새울까
그럼 얼마나 좋을까
한 서른 병쯤 맥주병 따며 주거니 받거니
너와 내가 더 이상 혼자가 아니면 얼마나 좋을까

손가락 같은 더듬이 끝으로
식탁 위의 사과 접시를 기웃대다 그냥 지나쳐가는
딱정벌레 열심히 더듬어 가는 그 길의 끝은 어디일
까
딱정벌레는 그 끝을 알고나 가는 것일까
알 수 없는 그곳에도 알 수 없는 나는 있어
딱정벌레를 부르고 있을까
생각하는 사이
어느 구멍으로 들어갔는지 딱정벌레는 사라지고 없
었다

잠깐 동안 나와 만났던 딱정벌레의 청동빛

머리 가슴 배 접힌 날개와 그 민감한 더듬이의 길
그 길의 끝을 찾아
지금 내 눈이 천 년의 허공을 헤매이고 있다

서쪽 뜰 안

늦은 오후의 나팔꽃 송이들
눈 밑 그늘이 엷은 보랏빛이다
서쪽으로 차츰 기울어지는 뚱뚱한 해에 눌려
뜰 안 구석에 붙박혀 있는 자작나무 가지가
하들하들 떨고 있다

개 밥 바라고 날아온 꽁지 성근 까치새 한 마리
꽃 진 나무 윗가지에 살폿 착지해 날개 접고
갸웃 뜰 안 동정을 살핀다

순간, 나무 그네에 꼼짝없이 앉아 숨죽이고 주시하
는
내 눈에 까치 검은 눈이 와 부딪친다
깜짝 놀랐니? 너는 누구니? 어디서 사니?
아, 내가 불안하니? 무섭니?

다그치듯 묻는 나의 물음이
까치 눈에 가 부딪쳤다 다시 내게로 되돌아온다
허기져 배고픈 까치새 한 마리가 되어 돌아온다

64

늦여름 저녁의 테두리 접는 나팔꽃 송이들이
오늘 하루
푹 물러 찌그러질 듯한 해를 목구멍 속으로 꼴깍
넘기고 있다

너른 풀밭

청개구리가 펄쩍, 뛰었다
뛰는 놈 위에 나는 놈이었다, 나는
움켜잡은 청개구리 한 마리
파란 팔꿈치를 들어올리고 손가락을 펼쳐보았다
닮았구나 다섯 개의 가느다란 손가락들
이렇게 손을 마주잡고 보니 서로 기운이 통하는구나
마디마디 연한 너의 살이 촉촉하고 부드럽다
나도 이렇게 거추장스런 옷, 홀딱, 벗고 싶다
맨살로 푸른 시간의 물살을 가르고 싶다
네 마음이 내 마음에 들어온 거니, 네가 내가 되는
거니
혓바닥이 길어서 슬픈 너, 말도 못하는 너,
단지 터져나갈 듯한 앞가슴에 꽉 찬 울음들
토해내도 토해내도 다시 불룩, 턱 밑까지 차오르는
울음들, 나, 수시로 꿀꺽 삼켰다
하늘에서 날아온 슬픔의 날개들, 긴 혀로 말아
먹어도 먹어도 배가 고픈, 이 너른 풀밭에서
청개구리들 펄쩍, 뛰었다
때론 제가 먼저 내 팔뚝 위에 뛰어오르는 놈도 있었
다

사랑 벌레

내가 깨문 대추 한 알 속
그 달큰한 과육 속
대추벌레 한 마리 꿈틀했다

그렇게 나는 네 몸을 보았다
허옇게 살찐 대추 벌레의 몸으로
흰 이빨 딱딱 벌리며
내 속을 파고드는
막무가네 씹어대는 너의 입질을 느꼈다
너에게 살뜰히 먹히고 있는
점점 네 속으로 들어가고 있는 내 몸을 보았다
여지없이
썩어 문드러질 내 몸이 통통한
사랑 한 마리로 자라고 있는 걸 보았다

내가 깨문 대추 한 알 속
그 향긋한 과육 속
사랑 벌레 한 마리 꿈틀했다

서천

얇은 얼음장 위로 살금살금 건너가는 까치새 말인
데요
발가락이 사과 찍어 먹는 포크 같은데요

먹고 싶어요
바싹하게 구워진, 은박지 위에 놓여 있는, 저 해
찍으면 금방 깨질 것 같잖아요

나는 아무것도 찍지 못하고 포크를 들고만 있는데
요
이렇게 온 하루를 견뎌야 하다니
아니, 온 생을, 나는 들고만,
망설이고만,

(놓아버려요 던져버려요 와장창 깨뜨려버려요)

거기 누가 떠들고 있지요? 그렇게
떠들지만 말고 이 포크 좀 집어줘요

너무 딱딱하다고요? 뼈다귀만 남았다고요?

찍히지 않는다고요? 먹을 수 없다고요?

나는 온 생을, 들고만, 있었는데요
아직 한 개도 먹지 않았는데요
아니 벌써 해가 하얗게 삭아버렸네요
화르르 지고 있네요

은밀한 식욕

아침 햇살이 은실 같은 거미줄에 도르르 감겼다 풀
리고
세상이 잠시 부신 눈을 감았다 뜬다

아직 끌러보지 않은 도톰한 선물 꾸러미처럼
끊임없이 눈독들이고 있는 거미의 은밀한 식욕이
느슨한 시간의 거미줄 위로 어슬렁 지나가고 있다

저
쩍 벌어진
무덤의 아가리 같은 입
둥근 봉분처럼 탱탱히 부풀어오른 배
속으로
날파리는 가차없이 으깨어져 사라진다

이제 내 눈의 세상은
송송한 털들 곤두세우고 있는 거미 한 마리
더없이 평안히 웅크리고 있는 날파리의
불룩한 무덤을 본다

내 몸 밖의 길

손금 같은 길을 내며
지렁이 한 마리 죽어라 배밀이하고 있다

길은 아직 한참인가
기다리다 지친 내 몸이 오그렸다 펴놓은
펴놓은 만큼 길어진 길바닥 위
바람의 손목을 잡고 막무가내 뛰쳐나온
내 몸 밖의 길
있는 힘껏 몸 늘여 기어가는 지렁이 붉은 몸을 본다

지금껏 걸어온 내 삶의 끈적한 자국을 본다
저 뜨거운 몸의 길

내 안의 羊들

많은 어깨들이 내 어깨를 툭툭 치며 지나갔다
내 안에서 흰 羊들이 매애애 울었다
꼭꼭 닫혀 있는 유리창들이 빠르게 통과하고 있는
지하 터널 속을
검게 비췄다
실내의 공기는 무더웠다
이곳에서는 나무 한 그루 자라지 않았다
내 안의 흰 羊들이 배고프다고 울며 보챘다
나는 어깨에 멘 가방 안에서 푸른 표지의 시집 한
권을 꺼냈다
흰 羊들이 턱을 내리고 풀잎처럼 책장들을 씹었다
(아, 산소 같은) 단조로운 평화가 내 안에 감돌았다
나는 피곤해진 눈꺼풀을 잠시 내렸다 언뜻
눈꺼풀 속을 따라 들어온 짧은 그림자가 비쳤다
저 내밀한 고독, 그 속을 맴도는 흰 羊들은 아는지
저 부드러운 양털의 비애를, 깎아도 깎아도 쉼 없이
자라는
저 무성한 외피의 고독을
서서 잠자는 나무처럼 내 몸이 흔들렸다
내 몸이 요람인 듯 흰 羊들을 흔들었다

구멍 뚫린 내 허파 속에서 쌔근쌔근 잠이 든 그들의 편안한
  숨결이 느껴졌다
  땅 위의 세상이여 안녕! 나는 천장에 매달린 손잡이를 꽉
  붙잡았다
  세상이 아직도 내 손에 잡혔다 아 직 도?
  땅속은 이미 한밤중이었다

고요한 비행

비행기는 추락했다
잠시
날개 끝이 파르르 떨다 멈춘다
투명한 하늘 조각으로 정교하게 꿰매놓은 듯한 날
개를
수평으로 조용히 내려놓는다
커다란 전조등 같은 눈, 아직
빛이 꺼지지 않은 검푸른 눈에 흙가루가 조금 덮인다
아니다 땅속에서도 눈은 밝혀야 한다고
끝까지 응시해야 한다고 부릅뜨고 있는
그 속으로 점.점.점. 개미떼 같은 사람들
사람떼 같은 개미들이 몰려온다
머리 가슴 배 꺾인 다리들을 본다
몸은 이내 해체될 것이다
형체는 사라질 것이다
그리고
다시, 죽음의, 고요한 비행은 시작될 것이다

먼 들판

이제 막 꽃 문 연 꽃의 동굴 속으로
검정 개미 한 마리 따라서 들어간다
바늘같이 예민한 개미의 촉수가 짚어내는
수맥의 길은 깊고 어둡다

내가 지나가야 하는 이 터널 속, 차고 축축한
이곳에서도 바람은 멈추지 않는다
아, 멈추지 않는 생
어둠 깊은 곳에서 노란 꽃가루 같은 별들이 뜬다

저, 반짝이는 손톱들
무덤 속에서도 자라는 내 손톱들

어둠이 깊어 더욱 깊어진 빛을 밀어올린다
꽃대를 밀어올린다
꽃잎들 암팡지게 입다문 동굴 속
수맥의 길은 수직으로도 뻗어오른다
그 끝에 무덤 하나 오롯이 얹혀서 피어 있다

길 안의 길

배고픈 저녁이다
토막 난 낙지발들이 전골 냄비 속에서
구불텅구불텅 기고 있다
칼에 썰린 짧은 길 길다란 길 꼬불탕한 길
어떤 길은 묵직한 유리 뚜껑을 들썩 쳐들고 기어나
온다
밖으로 나온 길은 잠시 허공을 둘러본다
저 허공의 길 흰 날개를 뭉게뭉게 펴는 길
꽉 막힌 눈의 길을 뚫고 귀의 길을 뚫고 입의 길을
뚫는 길
길은 미끄럽기도 하고 쫄깃하기도 하고 달큰하기도
하다
질겅질겅 씹히는 길은 가끔씩 강력한 시간의 흡반
을 철썩
입천장에 붙이기도 한다
형체도 없이 씹혀진 길은 길의 문자를 읽을 겨를도
없다
꿀꺽, 목구멍 속으로 꺾여져가는 길은 한참 가파르다
시간의 가속도가 붙는다
지글지글 졸아드는 시간 위에 몇 가닥 길들이 남아

있다
　하나하나 떼어 마저 다 먹는다
　배고픈 저녁을 깨끗이 먹어치운다

　내 가슴 밑에 무덤 하나 둥그렇게 살아난다
　산 무덤이 다시 꾸물럭 기어간다

나는바다로가고싶다

쇠망치에 얻어맞은 콘크리트 못이 튕겨져나갔다
(나는바다로가고싶다)
작달막 통통한 망둥이 같은 못이 불뚱눈 튀긴다
(나는바다로가고싶다)
나를 턱 가로막는 벽, 박치기를 해도 벽치기를 해도
꽝꽝 코웃음 치는 벽
(나는바다로가고싶다)
허리뼈가 퉁구러졌다고 팔딱거리는 못
쇠망치로 때리니 허리가 펴졌다
(나는바다로가고싶다)
내 앞의 길을 가로막는 자, 쳐라,
쇠망치로 다시 못을 쳤다 튕겨져나간 못의 대가리
가 빠개졌다
망둥이의 눈이 찌그러졌다
(나는바다로가고싶다)
벽의 가슴도 상처가 났다 벽은 잠시 꽝! 하고 신음
소리를 냈다
찌그러진 망둥이의 눈이 벽을 노려보았다
(나는바다로가고싶단말야)
빠개진 못은 다시 쓸 수 없어 던져버렸다

못이 날아가는 소리가 멀찍이 들렸다
휘이이익, 딱,
시야에서 아주 사라졌다

망둥이는 바다로 갔을까
알 수 없는 일이다

거미를 기다리네

거미는 벌레를 버려둔 채 간곳없네
눈부시게 뒤척이는 저 나뭇잎새에 숨어 있네

나방이는 날개를 펴려고 파닥이네
파닥일수록 더욱 옥죄어드는 삶이네

아 요지부동이네
챙챙 감겨드는 기다림만이 남아 있는 삶이네

나방이 온 힘을 가슴에 모으네
심장의 피가 끓어오르네
피가 끓는 심장은 신선하네
마지막까지 나를 신선하게 지탱시켜주네

거미는 언제 올 것인가
이 기다림의 끈을 삭둑삭둑 먹어치울 것인가

나는 가끔씩 내 몸을 잡아끄는 미세한 끈의 파동을
감지하네

나는 뚫리는 듯하다

사발에 가지런히 썰어 담은 김치
푸른 배춧잎 헤치다 보았다
두 눈 또록 뜨고 빤히 올려다보는 새우눈
붉은 고춧물기 글썽한 눈, 고 쪼그만 눈이 문득
큰 눈망울처럼 내 눈을 가득 채웠다
몸체는 버린 지 오래 입도 귀도 버린 지 오래
새우는 움직임이 없다 새우는 말이 없다
뚫어지게 나를 바라보기만 할 뿐
그래 뚫어지게, 나는 뚫리는 듯하다
깜깜한 나의 두 눈에 풍덩! 뛰어드는 너를 본다
투명해서 내장이 다 들여다보이는 속
내 속을 본다
넓은 바다 깊고 푸른 물 속으로 천천히 지나가는 너
를
본다
나를 향해 오래도록 헤엄쳐오고 있는 너를 본다
두 눈 또록또록 뜨고 죽어서도 살아 돌아온 너를.

해후

그 숲에서였다
한 마리의 꿩을 보았다
깃털이 푸른 수꿩이었다
무언가를 찾아 마른 낙엽들 속에 머리를 쑤셔넣고
있었다
내가 살금살금 다가서니 퍼뜩 고개를 들었다
눈이 반짝했다
내 눈도 반짝했다
(이렇게 느닷없이 너를 만나게 될 줄이야)

숲속으로 바람이 너울댔다
내 옷자락이 펄럭였다 순간
꿩이 소리를 질렀다
그 특유한 목소리로 마치 나를 잘 알고 있다는 듯
알아, 너를 알아, 암 알고말고, 도대체
너는 알고 있니? 네가 무엇인지 무엇이 너인지
한참 소리치다 꿩, 꿩, 꿩, 날아갔다

그 숲은 조용했다

풀밭에서

하늘엔,
새 가슴털처럼 포근한 구름덩이 떠 있다
그 가슴에 몸을 묻고 싶은지,
새 한 마리 공중 높이 날아오른다

새는 끝없는 곳으로 날아올랐다가 끝이 없어
다시 땅으로 날아내린다

풀잎들 빳빳이 날을 세우고 있는
땅의 세상
풀잎 날에 베어져 부스러진 햇빛들, 눈에 부신 날
새파랗게 풀물 든 풀무치 한 마리
무릎뼈 쭉 뻗어 풀밭 위를 높게 뛰어오른다

새의 검은 구슬눈이 반짝, 풀밭 위를 구른다
싱싱한 먹이인 풀무치 한 마리
새의 부리에 콕 찍혀서도 꼼지락거린다

먹이를 찾는 새의 눈은 땅에 머물고
하늘엔
새 가슴털들이 조용조용 흔들리고 있다

한 작은 평화를 위하여

갈색 투명한 물고기 한 마리 꼭 찍혀 있는
뽑기를 핥는다
내 혀가 닿을 때마다 너는 온몸에 간지럼을 탄다
참아, 참으라고

너는 꼼짝없이 나를 기다리는구나
나를 기다리느라 머리끝에서 발끝까지 꿈틀대는구
나

너의 이마 위로 쪼르르 이슬이 돋는다
영롱한 한 개의 물방울 속
그 물살을 헤집는 은빛 지느러미가 뜬다
부르르 떠는 너의 몸이 투명하다
네가 핥아낸 한 생애의 꿈이 내비친다
나는 깜빡 깨어난다

이 존재의 참을 수 없는 간지러움을,
참아내는
종잇장처럼 얇아진 시간 위에 얌전히 누워 있는

너의,
비늘 한 개 살 한 점 깨뜨리지 않고
그 모습 온전히 내 안에 놓아주고 싶다

IV

추억에게

감자의 싹을 삭둑 자른다
(오, 감자싹)
싹의 근을 움푹 도려낸다
(오, 쑤셔대는 이 근이여)
하얗게 뱉어내는 감자의 진액이 도마 위에 번진다

묵은 시간의 껍질을 말끔히 벗기고
토막토막 썰어낸 감자의 흰 속살들
냄비 속에 넣고 기름과 양념 간장으로 버무려
졸인다

사랑은
내 앞가슴 속 맨 밑바닥에서 바작바작 졸아들고 있다
오, 쑤셔대는

추억은
졸아들고 있는 냄비 밖으로
흰구름이 되어 뭉게뭉게 떠오른다

술래잡기 1
──풀밭

절레절레
풀들이 고개 젖는 풀밭으로 간다
참새 새끼처럼 날갯죽지 파르르 떨며 숨어 있는
너는 보이지 않는다

못 찾겠다. 꾀꼬리
못 찾겠다. 두꺼비
못 찾겠다. 메뚜기
못 찾겠다. 도마뱀

명아주 잎에서 하얀 가루분이 묻어난다
햇살 몇 줄기 빠져 있는 물웅덩이에
조그만 발 빠뜨린다
발 딛을 때마다 파랑 고무신이 질척댄다

쉿, 들키겠다 조용히 해

고무신에 밟힌 풀끄덩이들 시퍼렇게 죽었다 다시
일어선다
납작하게 엎드린 고양이밥 몇 잎 따 입에

넣는다
입 안에서 새콤한 물 흐르는 소리가 난다

난 언제까지나 이렇게 숨어 있고 싶어

술래잡기 2
──앉은뱅이꽃

나 너무 오래 잠들었었네
풀잎 헤치고 얼굴 환히 내미네
포플러나무 아래
다리 뻗고 앉아 있는 그대 보이네

저 햇빛들 눈이 시려
눈감았다 눈 다시 뜨네
이렇게 뻔한 내 얼굴
그대 알아보지 못하네
그대 발치께로 다가가는 내 그림자
하얗게 짧아지네

저승을 건너온 이승
이곳에서도 내 꿈은 뻗어가네
저승이 내 뿌리이고 이승이 내 꽃잎이네

풀잎들 내 목을 받쳐주네
내 목이 점점 길어지네
그대 발치께에 앉은뱅이꽃으로 피어 있네

술래잡기 3
─꿈의 몸

망초꽃밭을 지나간다

망초꽃 대궁이 몇 대 뚝뚝 부러진다

망촛대와 망촛대 사이

거미집들 옹기종기 걸려 있는 마을

거미들은 한 놈도 보이지 않는다

모두들 잘 숨어 있군

내 몸에 걸려 거미집이 찢어진다

아, 몸서리쳐지는 생

나 아무것도 걸림 없는 빈 몸을 꿈꾸었다

아, 몸 속의 몸

때때로 나는 침입자가 되곤 했다

제8요일
─풀

풀 깎는 기계가 지나가고
풀들이 잘려진다
풀들은 아프다 아프다 소리없이
풀 향기를 토한다

베어진 풀잎 속에서
무당벌레 한 마리 날개를 편다

(상처 속에서 증발하는 날개는 참 아름다웠다)

등판에 검은 점
점. 점. 점. 박혀 있는 겉날개가 펼쳐지고
빠다닥 소리를 내며
투명한 망사 자락 같은 속날개가 펼쳐진다

바람을 일으키며 풀들이 떤다
풀의 중심이 떤다
풀뿌리가 발을 들어 앞으로 내딛고 있는
한 발짝 한 발짝 뚫리는 길

내가 발을 뗄 때마다 풀들은 위로 솟구쳤다
납작히 눌렸던 나의 중심이 바로잡혔다

제8요일
―― 공터

사람들은 그곳을 공터라고 말한다

잡풀들 무성히 자라오른 땅
못 쓰게 되어 내다버린 허섭쓰레기들 곳곳에 박혀
있는
그 땅의 풀잎마다 맑은 물방울들 매달고 있는
아니 나는 눈물 방울이라고 말한다
(세상의 모든 뿌리가 있는 것들은)

저 허공 중에서 날아온, 눈에는 보이지 않는
알 수 없는 것들이 내 몸에 닿아 맑고 투명한
물방울이 되기까지

(나는 나의 뿌리를 볼 수가 없었다)

어두운 밑바닥, 빛 알갱이 하나 없는 그곳에서
꿈틀대는 나의 뿌리가 수시로 나를 흔들었다
흔들릴 때마다 후두두두 물방울들 떨어져 땅속으로,
뿌리에게로 가 닿았다

밤이 되니
공터에서 스 스 스 스 풀들이 우는 소리가 들렸다

제8요일
——목련

꽃송이들
목을 툭, 툭, 꺾고
쓰러졌다

부러워 부러워 바라보던
나의 먹빛 눈을 환하게 펴 보였던
꽃송이들

(나는 곧 나의 부러움들이 부끄러워졌다)

한때
눈부시던 나무의 가지 끝이 후두두두 떨리고 있었다
세상 떨림들 내 탓이오 내 탓이오 바람이 입을 트고
있었다

썩어 으깨진
살덩이 같은 꽃잎들
추해진 모습에도
영혼은 가없이 떠서 투명하다

투명해서 다 들여다보이는 너
내 속의 어둠 몇 개 툭, 툭, 터뜨리는 너

제8요일
——꽃들

오, 꽃들이 떼를 지어와요. 남빛의 현호색 꽃빛들이 내 치마폭에 매달려 떼를 써요. 가지 마. 가지 마. 하지만 나는 가야 해요. 가야 할 수밖에. 내 발에 달려 있는 바퀴들이 데굴데굴 굴러 나는 나를 어디로 데리고 가야 하는지 알 수 없는 그곳에서 어둡게 오는 저녁을 만나요. 명주천 같은 어둠으로 커튼을 두른, 빛의 흔적들이 곳곳에 구멍을 파놓은 그 저녁의 치마폭에 매달리다 떨어진 꽃잎들, 측은히 측은히 시들어버린 시간들 위에 나는 성냥불을 댕겨요. 하늘은 마분지처럼 황급히 타올랐고 나는 쇳덩이 모양 달아오른 얼굴에 냉수를 끼얹으며 몇 생을 보냈지요. 아마 또 그렇게 단련이 됐었나 봐요. 내 바퀴들 나를 데리고 여기까지 오는 동안, 여기는 어디지요? 내게 묻곤 하던 나는 답할 수 없는 물음들이 내가 박아놓은 발자국만큼 박혀서 어디가 어딘지 알 수 없는 꽃들은 피고 꽃의 물음들이, 오, 이 생떼를 쓰는 꽃들이 한 아름씩 자꾸만 내 치마폭에 매달려요. 나는 가야 하는데.

제8요일
——나 여기 있다

세상 물정 모르며 살다
살 다 빠져버린 버마재비 한 마리
꿈인 듯
턱없는 세상 밖을 갸웃대고 있다

여름 동안 푸른 물 흘려보낸 풀잎들
조금 남아 있는 푸른 빛을 추스르며
바스락, 바스락,
게 누구 있니?
여태 남아 있니?

나는 흠칫 입을 열어
10월의 이 시린 공기를 한입 들이마시며
조금은 투명해진 듯
나 여기 있다, 중얼거리며
껑충하게 커버린 키의 마른 잡풀과 잡풀 사이로
경중경중 발을 옮긴다

어쩔 수 없이 흔들리는 풀밭 위로
어렴풋이 나 있는 풀밭길
그 길을 따라 간다

제8요일
──개미에게

흰구름이 파란 하늘에 상처를 낸다

흰구름이 羊이라고 누가 말했다
상처가 꽃이라고 누가 말했다

흰 양들이 흰 토끼풀꽃을 뜯어먹고 있다
분홍 패랭이꽃도 뜯어먹고 있다
저것은 누구의 상처니?
더 예쁘잖아

상처가 아름답다고 누가 말했다
더 아름다운 건 없니?
그건 너, 바로 너,
땅 위에서 헤매고 있는 너, 라고 누가 말했다

오늘 하루분의 일을 마치고
일군의 개미들이 서둘러 집으로 돌아가고 있는 게
보였다

제8요일
── 파꽃

파 한 대 도마 위에 올려놓고
흰 머리채 같은 파뿌리 몽창 끊어낸다

저녁은 어스름하고 어스름한 그 속, 칼금 그어낸
불빛들 눈 맵다
이 눈 매운 시각, 잠시 눈 깜빡이는
흰 속살 내놓고 처연히 누워 있는
파 한 대의 시간 속
샛푸른 파 잎, 빳빳한 가랑이 사이로
오, 보이는구나
속 고갱이에 단단히 맺힌 꽃망울
투명한 막에 싸여 아직 세상 바람 쐬지 않은
저 아릿한 덩어리
오, 있었구나 바로 그 속에, 내 속에
숨어 있었구나
온몸 서서히 열릴 때 파들파들 떨리던 속살들
내 인생도, 연애도, 오, 내 사랑도
한 순간의 떨림으로 그렇게 맺혀 있었구나

파꽃 속, 어스름한 저녁의 속, 그 속을 뚫고 나오는
내 속이여, 사랑이여

그 옛날의

건너편 집 초록 지붕 위에까지 발을 내린
저녁 어스름들
촘촘하게 짜여진 거미줄 망들
한세상 눈부시게 환하던 밑그림들 한 개 한 개
감싸안고 있다

조금 더 기다리면 이 베란다의 창문도
나와 함께 나란히 서 있는 꽃 화분도 그리고
내 쓸쓸한 몸도
저 그물망에 감싸이겠지

사라져가는 것이라고는 말하지 않겠다
다만 내 눈에 보이지 않는 그것들
그냥 거기에 그대로 있다고, 아 엄마도 할머니도
옛날의 허름한 우리집 나무 대문도 내가 안아주던
흰둥이도 그대로 있다고
허물어진 블록담 안의 노란 은행나무도 분홍빛 복
사나무도
한 덩이 선혈 같던 칸나 꽃봉오리도 아주 스러졌다
고 말하지

않겠다

어스름한 빛에 싸여 더욱 선명히 떠오르는 것들
지금 바싹 내 곁에 다가온 이 저녁
어스름한 그 속에서 내가 잠깐 비춰본
내 속의 밑그림들
아, 그 옛날의

초승달

나는 보았다
떨리는 숲, 수척한 나무들 사이로 뾰족이 얼굴 내민
초승달
단 한 개뿐인 너라는 이름이 손톱깎기에 깎인 손톱
모양
톡 튀어 날아오른
내 안의 허공에는 참 많은 별의 생채기들이 흩어져
있었다
회뿌연 길들, 차곡이 어둠으로 채워지고
그 길을 따라 걸어온 네가 두 손 펴
내 속의 어둠들 후벼 파낼 때까지
나는 지켜보았다
떨리는 숲, 그 어둠에 끼인 채 발광하고 있는 너,
아니
사금파리 같다고 할까
내 살 깊이 파고드는 날카로운 너의 비명이
내 입으로 터져나왔다
몇억 겹 얼어터진 시간들이 먼지같이 반짝이는 빛을
쏟아내고 있었다
메마른 숲의 나무들 잎 잎을 싸안고 절절히 흐르는

나는 또 얼마나 얼어터져서 네가 되었는지
다친 생채기들 다소곳이 쓸어모아 피워내는 너의 빛
갈래갈래 갈라진 내 가슴뼈 틈틈이 메우고 있는 너
의 살
따뜻한, 피 같은, 빛을 밝히며 숲이 떨고 있었다
떨리는 숲, 떨리는 내 몸에 붉게 배어나는 피
내 눈에 홍건히 고이는 너를 보았다

구두가 아프다

살가죽과 살가죽 사이

내가 너무 조인다고 생각하니
그래 너무 아프니

굳은 딱정이 옆에 또다시
부풀어오른 물집
진물 흘려내고 있는
내 몸을 내가 견뎌내야 한다는 생각

맨땅, 맨바닥에 털썩
주저앉히고 싶다

아픈 구두를 벗어들고 그 속을
들여다본다
까끌까끌해진 어둠 몇 개 도르르
굴러떨어진다

이 지독한 살 냄새

살과 살 비벼대온 긴 시간
나는 네가 되지 못했고, 나는
너를 벗어버려야만 한다

네가 너무 보고 싶다

세상은 더없이 따뜻하다

바느질 함에서 떨어뜨린 가윗날에
검은 무명천이 쫙 찢어진다
그런 밤

허공 중에선
눈 씻고 봐도 없으신 하느님의
하얀 살비듬들이 펄펄 날아내린다

한 잎 손바닥에 받아보니 스르르
내 살 속으로 스며든다
어둠으로 꽉 찬 눈의 세상에
눈물 핑 돈다

아, 계셨군요
거기, 계셨군요

마음의 노트장마다 써놓은 개미 같은 글씨들
더 이상 묻지 않는 지우개로 빠득빠득 지운다

발 밑으로 밍크 담요 같은 길 펼쳐지고

일산동 밤가시마을의 집 지붕들
순한 짐승처럼 엎드려 있는
누구의 발소리인가
또박또박 집으로 돌아오고 있는
그런 밤

세상은 더없이 따뜻하다

항아리를 안고 오다

항아리를 안고 오다

길 가장자리에는 어제 내린 빗물이 조금씩 고여 있
다

고여 있는 항아리 속 침묵이 항아리 주둥이 밖으로
조금씩 흘러내리다

서쪽 산에 반쯤 빠져 있는 태양이 이 땅에 남아 있
는 빛줄기들을 서둘러 제 안으로 끌어모으다

나도 끌려들어가다

항아리가 땅땅 소리를 치며 침묵을 깨뜨리다

어서 들어오세요 여기는 항아리 속입니다

아 그렇군요

해 속이군요

세상 모든 아침이 밝고 산뜻하게 모여 있는 풍경이
참 아름답군요

새집 같아요 언제 이사오셨어요 방은 따뜻한가요

유리창에 바람은 많고요 항아리는 얼마 주셨어요
예 쌀 항아리를 하려고요

흰 쌀알들이 햇빛처럼 고여 있는 항아리 속이 환히
들여다보이다

무엇이든 담아낼 수 있는 속이 둥근 이 땅에 푸른

지구라는 이름을 붙여주다

　그대도 나도 함께 담겨 있는 여기 내가 안고 있는
항아리 속 길들이 항아리 주둥이 밖으로 조금씩 흘러
나가다

　나도 흘러가다

제8요일
—개망초

개망초꽃들을 밀어젖히고

나를 밀어젖히고

너도 가니?

개망초꽃밭 너머 흰구름떼 간다

개망초꽃들도 간다

물살 없는 새파란 물, 개망초 흐드러진 물

흰구름떼 높게 띄운 물

물은 높고, 나는

낮게 낮게

개망초꽃밭 속에 드러누워서

나도 간다

나무로 가는 꽃의 욕망과 소망
―이나명 시집

김   주   연

몸이 여성 문학의 화두가 되어버린 듯하다. 물론 여성
의 몸인데, '여성의 몸' 하면 남성들은 대충 섹스를 연상
하기 십상이다. 사실이 또한 그러하다. 그렇다면 그것을
내어놓은 여성들의 입장은? 여성들도 그런 것 같다. 아
니, 훨씬 더 하다. 그러나 이런 투의 말은 이제 훨씬 구
체적인, 그리고 정확한 내용과 더불어 논의되어야 할 것
이다. 여성들 쪽에서 본 '여성의 몸'은? 그리고 그것을
화두로 삼는 이유는? 이런저런 물음들과 이나명의 시집
은 꽤 긴밀하게 어우러져 있다.

　　나는 꼼짝없이 그 어둠에 친친 묶여버린 내 몸을 느꼈어
　　껍질 뒤집어쓴 씨앗처럼 앞이 캄캄했어
　　[……]
　　그리고 마음은 아랫배에, 아랫배에 두어야지

순간 뭉쳤던 어둠들이 풀리고 동이 트듯 길이 트이기 시작
했어

나는 다시 배꼽에서 아랫배로 내려갔어

정확히 배꼽에서 아래로 집게손가락 두 마디 밑이야

이곳이 내가 뿌리를 내려야 할 땅이야

[……]

나는 조금씩 터지고 있었어

척추와 뒷목 뒤통수로 물을 실은 바람이 불어오기 시작했
어

나는 번쩍 머리통을 들어올렸지 아, 허공이 내 머리통 속
이었어

그 속에서 내가 출렁거렸어 이글이글거렸어

나는 보랏빛 꽃 한 송이 통치마 같은 꽃잎으로 둥글게 원
을 돌았어

한 세계를 통째 뿜어내었어 뚜뚜, 뚜, 뚜, 뚜

목청껏 나팔을 불었어

연작 「나팔꽃 화엄 2」의 뒷부분인데, 몸—하복부를
중심으로 한 화엄의 경지가 한껏 개진되고 있다. 여기에
는 당연히 피워야 할 꽃을 꽃 피우지 못해온 여성의 욕
망이 역사적으로, 개인적으로, 또한 사실적으로, 상징적
으로 거침없이 드러난다. 「나팔꽃 화엄」이라는, 매우 적
절한 제목으로 폭발하고 있는 그 욕망의 원점이 '몸'이라
는 사실 앞에서, '여성의 몸'이 그토록 욕망의 주체가 되
어오지 못했었나 하는, 매우 의아스러운, 그러나 진지한
성찰로 돌아가지 않을 수 없다.

이나명 시인이, 그 주체성의 강조를 통해 역설적으로 은밀히 토로하고 있듯 이 여성의 몸은 욕망의 주체가 아닌, 욕망의 대상이 되곤 했다. 가령 「나팔꽃 화엄 3」에서,

　　너는 아무데도 없고 아무데도 있었다
　　저 꽃이 너라고 생각하다가 곧 시들어버릴 너라고 생각하다가
　　꽃무덤 속 꼭꼭 여며두었던 흑요석 같은 씨앗들

이라고 진술될 때, 몸인 꽃은 있다가 없다가 하는, 시들어버릴 것으로 지나쳐버리다가 다시 흑요석 같은 씨앗들로 대접받다가 한다. 요컨대 욕망의 주체와 대상 사이를 왕래한다. 그러나 대체로 시인은 대상 쪽에 앉아 있으며, 그리하여 인내를 강요당한다. 이 시의 첫 부분을 보자.

　　활짝 피어난 나팔꽃들이 말의 씨앗을 물어다 주는 햇살들을 냘름냘름 받아먹고 있다.
　　제 목구멍에 가득한 말들을 뱉어내고 싶은 심정 꾹꾹 누르고 참아내고 있는 꽃의 인내

　물어다 주는 햇살들이나 냘름냘름 받아먹고 있는 꽃들. 그것도 활짝 핀 나팔꽃들이! 남성적 언어에 의해서만 발언이 허용되고, 발언이 훈련된 여성들이라는, 저 바흐만Bachmann식의 강렬한 여성적 자의식과 자기 성

찰이 여기서 내비친다. 꽃의 혼란, 혹은 이중적 측면이
라고 할 수 있는 인식이다. 남성에 의한 관리된 의존을
한편으로 즐겁게 받아들이면서, 다른 한편으로는 자신의
말을 스스로 억압하고 인내하는 억울한 모습이 그 두 개
의 다른 상황이다. 1) 2) 3) 4)의 연작으로 된 「나팔꽃
화음」은 마치 이 시집의 헌시처럼 시인의 심리적 형성과
그 메시지를 예시(豫示)한다.

　나팔꽃에서 시작된 꽃—여성의 몸이라는, 비교적 단순
한 상징 구조는 다른 많은 꽃들로 이어지면서 계속된다.
그러나 꽃이 어떤 이유로 여성의 몸과 같은 의미로 나타
나는지, 이를테면 구조 분석이나 내포적(內包的) 접근은
이 시에 나타나지 않는다. 그 대신 이나명의 꽃은 외연
(外延)으로 연결된다. 나팔꽃에서 수련으로, 수련에서
한련화로, 한련화는 다시 수초로, 장미로, 튤립으로, 패
랭이꽃으로, 그리하여 결국, 내꽃, 풀꽃, 심지어는 촛불
이 만드는 불꽃으로 나아가면서, 그 다양한 형상에 마른
꽃들의 상황과 운명이 여성의 몸을 상기시키면서 변주된
다. 그 이해는 따라서 그리 어렵지 않다.

　1) 저녁이면
　　입 꼭 다물어버릴
　　붉고 고운 입술을 가진
　　수련
　　연못　　　　　　　　　　　　　——「수련 연못」 부분

　2) 뜰 안의 한련화들이 모두 땅 위에 누웠어요.

118

간밤 싸락눈에 질탕하게 얻어맞고
이젠 더 못 살아 이젠 더 못 살아
엎어졌어요
                                  ――「小雪」부분

3)   흔들리는 수초의 뿌리를 지그시 누르고 있는 모래 알들이
    보인다
    내가 흔들릴 때마다 나를 붙잡아주는
    나를 지그시 눌러주는
    저, 환한 바닥   ――「환한 바다 1」부분

4) 튤립꽃들
   검자줏빛으로 마음 졸이네

   속으로 끓이는 저 피의 그리움   ――「그 자리」부분

5) 촛불을 켰다
   이제 갓 피어난 양귀비 꽃잎처럼 나풀거리는 불꽃
   그 둥글고 예쁜 손톱이 할딱거리며 파내고 있는
   어머니의 침묵, 그 속에서 까맣게 타고 있는 심지를 본다
   바지직바지직 끓여내는, 어머니
   생의 한 귀퉁이쯤 물러져
   희고 반투명한 촛물 주르르 흘러내린다
                          ――「어머니가 오셨던 걸까」부분

6) 나는 모르겠다 모르겠다
   머리 갸웃 들여다본다

한 겹 두 겹 아프게 벌린 겹꽃잎

　　중심이 노랗게 뚫려 있다

　　어딘지 알 수 없는 향기로운 길 하나 보인다

　　　　　　　　　　　　　　　——「꽃 속의 길」부분

　인용 1) 4) 6)은 꽃의 내포에 대한 인식을 보여주는 부분이 없지 않으나, 그것들이 대체로 일반적인 연상의 수준이라는 점을 고려한다면, 2) 3) 5)와 더불어 꽃은 이나명의 시에서, 나팔꽃이 그렇듯이, 여성의 몸—그것이 겪고 있는 신산한 역정이다. 그러면서도 그 몸은 성적 욕망으로 들뜬 몸, 그 속 깊은 곳의 에네르기로 짙고 강력한 발언권을 주장하려고 하지는 않는다. 6)이 "한 겹 두 겹 아프게 벌린 겹꽃잎"이라는 다소 관능적인 표현을 하고 있으나 "알 수 없는 향기로운 길 하나"가 그 중심에 뚫려 있다는, 말하자면 가벼운 아름다움의 범주 속에 슬그머니 그 강렬할 수도 있을 욕망을 감춘다. 그리하여 인용 4)에서 보여지듯 "저 피의 그리움"은 '속으로 끓일' 뿐이다. 욕망은 추상적인 차원에서 발언되고, 표면을 맴도는 구체적인 표정은 인내의 안타까움이라고나 할 수 있을까. 여기서 주목되는 것은, 어머니의 등장 부분이다. 사실의 꽃 아닌 꽃으로 나타나는 '불꽃'과 관련된 어머니의 표상이 특이한데, 어머니는 이 밖에도 몇 군데에서 그 모습을 보여준다. 욕망과 인내의 갈등 · 길항의 구조 속에서 여성의 몸을 바라보고 있는 시인에게서, 발화와 소멸의 형태로 된 불꽃이 어머니를 연상시키는 것은 자연스럽다. 인용 5)에서 어머니는 바로 불꽃의 중심인 심지가 된다. 심지는 중심이지만, 자신이 타버림으로써 불꽃을 만든다. 꽃이 꽃의 아름다움을 지닐 수 있는 것은 인내와 헌신·희생으로 가능하다는, 여성의 몸에 대한 고전적 인식이다.

다른 한편 「나팔꽃 화엄 1」이나 '불꽃'의 이미지가 그렇듯이 시인은 발화(發火)나 개화(開花) 같은 폭발적 상황을 좋아하는 것 같다. "햇살 한 줄기로 흠뻑 피어나는"(p. 9), "한 세계를 통째 뿜어내었어"(p. 12), "침묵을 환하게 찢고 있다"(p. 15), "환한 크림빛으로 곱게 물든"(p. 19), "참 환하게 내리쬐는 햇볕"(p. 26), "화르르 피어 오르기를/희망하며"(p. 39) 등등…… '환하다'라는 형용사를 앞세운 이러한 화려함의 선호는 비록 희생·헌신을 통한 폭발이나 소명이라 하더라도, 결코 끝까지 인내나 은둔으로만 머물 수 없다는 시인의 능동적 충동을 반영한다. 그리고 그 충동은 자신의 욕망을 숙성시키면서 그 발화의 지점을 찾아낸다. 먼저 「나를 익히고 싶다」의 한 부분.

나는 익어가야만 한다

매순간
끓고 있는 시간 속에서
나는 아직도 채 익지 못했는지
철경철경 부글부글거리는 마음의 거품들을
발등에 주르르 흘리고 있다

아아 더 이상 못 견디겠어
정말 못 견디겠는 시간들이
나를 익히는 것일까

[……]
그렇게 나도 익어
내 영혼이 내 몸에서 깨끗이 분리되어지기를
그때 그을음 없는 내 영혼의 푸른 불꽃이
화르르 피어오르기를
희망하며

직접적인 진술이다. 이제, 시인의 몸을 바라보는 우리
의 눈을 흐리게 할 것 있겠는가. 시인의 욕망은 몸이 지
닌 욕망을 지나, 그것으로부터 "깨끗이 분리되어지기"를
바라는 욕망의 단계로 나아가고 있다. 이것이 그의 폭발
이며 만개다. 그러나 그 영혼은 좀처럼 "푸른 불꽃"으로
피어오르지 않는다. 시인은 그 시간을 기다린다. 그리고
그 기다림은 마침내 하나의 실현으로 다가간다. '나무'
의 발견이다.

나는 기다렸다
기다림의 마른 풀잎들 낮게 엎드려 있는 오솔길을 따라 희
망의 산등성이를 올랐다
떨어진 나뭇잎들 수북수북 발등 덮고 있는 벌거숭이 나무
들 사이를 지나갔다
나무 나무들마다 상처 자국들이 눈에 띄었다

〔……〕

오, 모두가 상처투성이로구나

──「어디서 와서 어디로」 부분

그리하여 꽃인 시인은 나무를 만난다.

"내 몸의 작은 상처 하나가 다른 몸의 더 큰 상처들을 보게 한다"(p. 35)는 의젓한 성숙의 길을 만나는 것이다. "순간 나는 그의 속으로 펄쩍 뛰어들고 싶은 충동을 느꼈지요／아니 뛰어들었어요"(p. 37)라는 고백도 이어진다. 과연 그 나무는 무엇일까, 누구일까. 연이어 등장하는 나무, 나무들.

〔……〕 더
단단해지는 포도나무, 잎잎마다 푸른 허공으로 둘러 감은
포도나무 한 그루의 저 천연한 세계, 그 세계로 삐이꺽!
나무문을 밀고 누군가 들어오는 소리 들린다

──「삐이꺽, 한 세계가 열린다」 부분

〔……〕
나무 중의 나무, 한 아름 너의 기둥에 가 기댄다.
이제 그만 나를 풀어줘

곧 어둠들 질펀히 내 발 밑으로 깔리리라
그리고 곧 너와 나의 경계도 허물어지리라

──「노을」 부분

내게는, 나무의 휘어진 몸, 그 굴곡이 보기에 참 아름다웠
다
　그때 견디기 힘들었을 고통이 그 아픔이 이렇게 튼튼히
　자라 있다
　나는 나무가 융단처럼 수북 수북 깔아놓은 넓은 잎을 밟으
며
　나무의 길을 더 깊이 들어가보고 있었다
　　　　　　　　　　　　　　—「보기에 참 아름다웠다」 부분

　그래 그래 오래 참고 견디었구나
　나무가 꿀꺽꿀꺽 마시고 있는 물
　나무 속으로 스며드는 물의 길
　나무가 그려내는 삶의 구불구불한 물길이
　내 속으로 흘러든다
　잔뿌리를 들썩이며
　내 몸 속 물줄기들이 나무의 물줄기와 이어진다
　　　　　　　　　　　　　　—「나무에게 너에게」 부분

　작은 상처가 발견한 큰 상처의 주인공으로서 이처럼
나무는 꽃의 연인이 된다. 욕망으로 갈증에 조급했던 시
인은 나무 속의 물줄기와 연락되어 흠뻑 물 마시게 되
며, 나무문을 열고 들어가 나무를 더 단단하게 만들어주
기도 한다. 나무의 휘어진 몸마저 아름답게 느끼게 되는
시인에게서 이제 상처는 다른 상처와 만나서 폭발하고
개화하는 것이다. 마침내 꽃과 나무의 경계가 없어진다.

꽃과 나무의 병존, 혹은 동행 속에서 발견되는 화평의 세계는 마침내 꽃이라는 이름으로 선험적 시적 자아를 이루고 있는 시인의 궁극적인 소망으로 다가온다. 꽃은 꽃만으로서는 자족적인 보람을 느낄 수 없다는 듯, 나무와 붙어 있는 자리에서 완전한 생활감을 획득한다. 그것이 꽃과 나무가 함께 있는 '꽃나무'다. 흥분과 격정으로부터 언제나 상당한 거리를 두고 있는 이 시인에게도 꽃나무는 뜻밖의 자리에서 다소 전율하기까지 한다. 「쥐똥나무꽃 이름」과 「벚꽃나무 아래」를 보라.

> 쥐똥나무 좁쌀알 같은 꽃망울들 쏟아놓고 있는
> 개인 주택 울타리를 지나다
> 멈칫, 뒷걸음친다
>
> 이 진동, 피 진동 시키는 향기
>
> 몸 기울여
> 꽃나무 가까이 얼굴 가져간다
> [……]
>
> 나 그 진한 향기에 듬뿍 취해 걷는다
>
> 쥐똥나무 흰 꽃들 산들산들 몸 흔드는
> 더 이상 욕심 없는 생의 가쁜함으로.
> ──「쥐똥나무꽃 이름」 부분

한 무리의 구름이 펑! 하고 튀겨진다
공중으로 팝콘 같은 꽃잎들 날아내린다
벚꽃나무 아래로
꽃잎 무더기 위로
발을 내딛는다

사뿐사뿐 날아내린 꽃잎들
내 눈의 샘물 위에 꽃잎 뜬다
몸 속 골짜기마다 꽃잎 떠 흐른다

한 생애 이렇듯 꽃잎 띄우고 지나는 때 있다

부서진 꿈의 뼛조각들, 깎인 모서리들
동글동글 띄운 채
내딛는 발걸음들
가장 가벼운 때 있다   ——「벚꽃나무 아래」 전문

　꽃과 나무가 함께 붙어 있는 꽃나무는 결국 시인 이나
명의 시적 자아이다. 우리 시에서 매우 드물게 보는 건
강한 시적 자아로서 꽃나무는 독특한 성격을 가질 것이
다. 반세기 전 이상의 꽃나무가 불만의 이름이었다면,
이나명의 그것은 이제 만족의 이름이다. 여성의 몸으로
그 상징성을 출발시켰던 꽃은 남성의 몸으로 나타난 나
무와 더불어 그 상징성을 완성시킨다. 이렇게 볼 때, 여
성의 몸도, 남성의 몸도 그 자체만으로서는 아름다움을
주장하지 않는 것이 유익하리라. 꽃도 나무도, 필경은

꽃나무에서 더욱 아름다운 순간을 뿜내듯이. 이성적 욕망의 시각 아래에서 관찰될 때, 그 완전성은 두 몸의 만남, 즉 성애를 통해 구현되며, 그 구현은 다시 그 이상의 영적 욕망으로 연결된다는 구조이다. 극단적인 페미니즘의 입장에서는 다소 불만스러울지 모를 구조다.

이나명의 메시지는 아름답다. 그러나 이 아름다움은 자칫 온실 속의 아름다움에 머물러, 비바람과 같은, 세계의 전면적인 현실 속에서 붕괴되기 쉬운 연약한 기반 위에 서 있다는 지적으로부터 스스로를 방어하기 힘들지도 모른다. 나무의 고통과 꽃의 간절함과 외로움이 끊임없이 호소되고 있음에도 불구하고 그 현장의 리얼리티가 미약하게 느껴지기 때문이다. 그 원인은, 앞서 말했듯이, 시인의 눈이 꽃과 나무의 내부에 대한 구체적 관찰에 세밀하게 머물러 있지 않은 탓이리라. 꽃과 나무의 행동적 묘사, 그에 대한 시인의 주관적 해석과 반응들은 시인의 뜻을 강화시켜주는 대신, 현실감의 약화를 조장한다. 보다 침착하게 주관을 추스른다면, 상처를 보듬는다는 시의 본질에 육박하는 소중한 시인으로서 이나명의 이름이 기억될 것이다. ▨